A BAS
LES CALICOTS !

PAR

CHARLES DUMAY

PRIX : 60 CENTIMES·

PARIS

CHEZ TOUS LES LIBRAIRES

ET CHEZ L'AUTEUR, 93, FAUBOURG SAINT-MARTIN

1861

A BAS LES CALICOTS!

PARIS. — IMPRIMERIE DE ÉDOUARD BLOT, RUE SAINT-LOUIS, 46.

(Ancienne Maison Doudey-Dupré.)

A BAS
LES CALICOTS !

PAR

CHARLES DUMAY

Castigare ridendo mores.

PARIS

CHEZ TOUS LES LIBRAIRES

ET CHEZ L'AUTEUR, 93, FAUBOURG SAINT-MARTIN

—

1861

A ALPHONSE KARR

Monsieur,

Si ce petit livre était un ouvrage plus important...

S'il était écrit plus spirituellement...

Si c'était un bon et gros in-octavo, au lieu d'être une brochure, qui, brochure, doit vivre ce que vivent les brochures...

Si je vous connaissais autrement que par vos œuvres, qui, toujours devant moi, me servent et me serviront toujours de maître...

Si j'étais moins jeune...

Enfin, si j'osais...

Je vous dédierais ces quelques lignes.

Mais si je ne puis ou n'ose mettre votre nom en tête de cet écrit, parce que lui et moi nous n'en sommes pas dignes...

Je puis cependant vous en dédier le but, l'intention dans laquelle je l'ai écrit, car ce n'est, je crois, que rendre à César ce qui est à César.

C. DUMAY,

Un de vos amis inconnus
auxquels vous vous adressez quelquefois.

Fort souvent les auteurs, en bonne confiance,

A grands mots, du lecteur réclament l'indulgence ;

Ils ont — je le crois — tort,

Car ils feraient beaucoup mieux, je le pense,

De laisser l'indulgence

Et de réclamer le lecteur d'abord.

P. F.

PRÉFACE.

L'œuvre critique que j'entreprends a déjà
été ébauchée.

Alphonse Karr en fut le père.

Après lui, une foule d'autres écrivains ont
décoché leurs flèches satiriques contre ces
parias de la société ; mais c'est par des arti-
cles, des passages d'ouvrages, que ces auteurs
ont attaqué cette anomalie, plus importante
que l'on ne pense et qu'elle ne paraît elle-
même au premier abord.

Pour moi :

Puisque la mode est aux brochures in-32,
puisque 1579 opuscules (d'après le compte

d'un de mes amis) ont été publiés sur les affaires romaines, 732 (toujours d'après la même statistique) sur les massacres de Syrie, et je ne sais combien sur la question des sucres;

Puisque *les Mémoires de Rigolboche*, ainsi que ceux de *Léotard*, les biographies de *Ces Dames*, *la Physiologie du quartier Latin* et une foule d'autres ouvrages *sérieux* ont paru;

C'est aussi par un petit livre que je me présente au public.

Je n'en ai cherché le contenu ni en Italie, ni en Syrie, ni dans les orgies d'une folle jeunesse qui, je trouve, a fortement raison de s'amuser, parce qu'il suffit d'être M. La Palisse pour savoir que c'est à la jeunesse qu'il appartient d'être jeune, mais c'est au sein de la société, peut-être même parmi vous, chers lecteurs, que j'ai pris mon sujet.

Et je ne crois pas trop me vanter en disant :

Que je le pense meilleur, sous le rapport de la morale, comme sous tous les autres, que les mémoires... d'un gymnasiarque, auquel cependant je reconnais du talent, mais dans son art...

D'une danseuse, qui n'a que le mérite d'avoir un peu plus de *chic* et de lever la jambe un peu plus haut que ses camarades.

Puisse cependant mon œuvre, sérieuse au fond, mais écrite en style léger, parce que l'époque le veut, trouver le même succès que ces mémoires.

C'est le seul désir que j'ai, dans mon intérêt comme dans celui de la société, renfermant dans son sein l'anomalie que j'ai essayé d'analyser.

PREMIÈRE PARTIE.

Les Calicots au point de vue physiologique.

A BAS

LES CALICOTS !

CHAPITRE PREMIER.

Qu'est-ce qu'un Calicot ?

De tout temps le commerce eut la rage de *poser*..... puisque telle est maintenant l'expression consacrée.

En 1830, le bonnetier, le passementier..... voulait devenir *quelque chose*..... député..... membre du conseil municipal..... maire de son arrondissement..... n'importe quoi, pourvu qu'il tint un peu les *rênes du char de l'État*..... comme lui disait tous les matins son journal.

Ce qu'il en a été, on l'a vu !

Mais, en même temps, si le maître du magasin, si le patron ne s'occupait que de se tenir bien assis sur le siége curule..... à son comptoir était soit son épouse, soit sa fille..... et à tous ses rayons, de fraîches et jeunes femmes, qui honnêtement gagnaient un pain suffisant à leur nourriture, vous offraient ses marchandises.

En 1860, le patron a plus ou moins d'ambition..... il est moins tourmenté par le désir des grandeurs, mais plus par celui d'une fortune toujours croissante ; il a enfin compris (hélas ! ce n'est pas sans peine) que Joseph Prud'homme était ridicule. Il possède simplement une maison à Ville-d'Avray, à l'île Adam ou à tout autre endroit, et là il se livre, le dimanche et quelquefois la semaine, après trois heures, à l'horticulture.

Mais aussi, dans ses comptoirs se vautrent de grands jeunes gens aux muscles vigoureux, à la forme athlétique, qui vous présentent délicatement une frêle étoffe, de légères broderies..... en un mot, toutes choses identiquement opposées à celles qu'ils devraient manier.

Ce sont tous ces hommes, non honteux d'accaparer ces places, où l'ouvrage nécessite seulement la force d'une femme, que l'opinion publique, que la voix de l'honnêteté a flagellés du nom de **cali-**

cols, parce que c'est particulièrement dans cette partie du commerce qu'apparaît cette anomalie, et qu'elle aurait tout aussi bien pu appeler **boutons, galons, rubans,** etc., noms tout aussi ridicules que ceux auxquels ils s'appliquent, que nous appelons, nous, des

HOMMES-FEMELLES.

En faire la physiologie est notre but.

Commençons donc.

CHAPITRE II.

Les Étapes de la Gloire.

Le Calicot a fait ordinairement ce qu'il appelle *ses études* dans un établissement de soupe quelconque..... Je veux dire par là, vous le savez bien, une école, ou plutôt, pour l'appeler par les noms dont le maître veut qu'on la nomme, une institution, une pension, un externat.....

A douze ans..... il a fait sa première communion, puis, à partir de cette époque, il a commencé à se pavaner dans les anciennes culottes de son père, dont sa mère *repinçait* les coutures, dans un maigre paletot d'orléans acheté à la *Belle-Jardinière.*

Après encore un séjour d'au plus une ou deux années dans le susdit établissement *d'éducation* (lisez *bouillon*) *consommée,* il a quitté les bancs de l'école en disant fièrement à ses camarades :

—Je vais entrer dans le commerce.

Soit par connaissance, soit à l'aide d'un bureau de placement, il a, en effet, trouvé une place chez un de nos grands débitants de **falbalas** de tout genre.

Il y occupe un des comptoirs, un des *rayons*, puisque tel est le mot technique.

Dès ce jour, il porte des vêtements un peu plus relevés; il est même, disons-le, presque élégant.

Il achète une cravate à la mode;

Apprend à faire toutes les différentes sortes de nœuds;

Enfin se munit peu à peu de tout ce qui compose le fourniment du Calicot..... fourniment dont nous parlerons plus tard.

Mais, arrivé là, il n'est encore qu'à l'état de chrysalide..... Il a encore à se former aux usages, aux habitudes de ces..... dois-je dire collègues..... dois-je dire confrères?..... non, disons simplement co-crétins, nous serons plus près de la vérité.

Il monte alors successivement du rang de dernier commis à celui de septième, sixième, cinquième, quatrième, troisième, deuxième, et enfin premier commis du rayon.

Pour lui tenir l'échelle, comme l'on dit, il avait choisi parmi les vieux un modèle qu'il copiait en tout et pour tout; arrivé là, il est à son tour un 'roué, un vieux de la vieille, un modèle.

Il porte une chaîne de montre.....

Mais que, sur cette indication, messieurs les disciples de Mandrin n'aillent pas l'attaquer, car nous ne leur promettons nullement que la montre soit au bout... Nous croyons même le contraire..... Mon Dieu! dans Paris, la chaîne ne suffit-elle pas?... Ne peut-on pas voir l'heure partout?.....

Puis enfin, il choisit, se décide pour une quelconque des diverses espèces du *Calicot-poseur*, dont nous parlerons tout à l'heure.

Maintenant, quel est le maximum de gloire dans ce charmant état? quel est le feu follet qu'il poursuit toujours sans jamais l'atteindre?

Ah! voilà!

Il peut arriver, au bout d'une vingtaine d'années, à être *intéressé* dans la maison.....il peut même..... (voyez quel riant avenir... mais, hélas! bien rare!) il peut, dis-je..... épouser la fille du patron..... si elle est borgne!

Dame! il arrive de si drôles de choses..... et la nature est si bizarre!!!

CHAPITRE III.

La vie quotidienne.

Le Calicot est occupé toute la semaine, et, selon les maisons, quelquefois même le dimanche.

Il arrive à son magasin à sept heures du matin.

Dans quelques maisons, bien rares, car beaucoup de ces messieurs craignent de compromettre leur dignité et d'avoir l'air d'employer un peu de la force qu'ils possèdent, ils ôtent eux-mêmes les volets.

Puis ils rangent systématiquement leur légère marchandise et attendent la pratique..... en se frisant la moustache, en se limant les ongles, sentinellement postés sur le seuil de la porte, d'où *ils font de l'œil* à toutes les bonnes et grisettes du quartier.

Mais si vos mère, femme, sœur ou vous-même, avez besoin de quelques mètres d'étoffe, ils abandonnent immédiatement leur *pose* pour vous offrir les marchandises que vous désirez, en vous débitant des fadeurs, connues sous le nom de *faire l'article*, qui amèneront sur vos lèvres un sourire de pitié lorsque vous songerez que ces paroles sortent de la bouche d'un homme.

Les calicots ont ordinairement la table dans la maison où ils sont *occupés*, ou plutôt, au point de vue de ce que doit faire un homme : *inoccupés*.

A tour de rôle, ils descendent dans l'espèce de réfectoire qui se trouve ordinairement dans le sous-sol, et prennent là une nourriture de cénobite.

Cependant tous n'ont pas ces mêmes conditions.

L'aristocratie CALICOTIÈRE a, elle, une heure pour aller déjeuner et autant pour dîner.

Pour ceux-ci, les *Bouillons Duval* et autres sont leur providence.
Le Bouillon est au Calicot ce qu'est la Crémerie à l'artiste, à l'ouvrier.

Le premier établissement possède une riche façade, imitant le chêne, peinte et ornementée; mais, hélas! trop souvent l'on y rencontre des sots.

La devanture du second n'a reçu qu'une couche de blanc et de bleu.... mais l'on y trouve fort souvent des *Hégésippe Moreau*, des *Louis Abadie*.

Mais revenons à nos... moutons.

La journée finie, le calicot, qui a allumé le gaz et qui pendant toute la soirée s'est efforcé de faire le gracieux (chose certes fort difficile pour lui) en réglant les jets, appuyé sur un seul pied et muni d'un long bâton, afin de ne pas chiffonner la *montre*, est aussi chargé de l'éteindre...... Puis, après avoir refait le nœud de sa cravate, jeté un coup d'œil de mariée sur une glace, ils sortent en tumulte, brandissant leur canne, lançant des *regards assassins* d'un côté de la rue à l'autre.....

Et ils vont tranquillement coucher dans quelques misérables hôtels, dans quelques misérables chambres.

Certains magasins couchent leurs commis... mais c'est rare.

Et voilà la vie nulle, absurde, et nuisible même, comme nous le prouverons, de milliers de jeunes gens, de milliers d'hommes.

O tempora! ô mores!

Sont-ce là les exercices du Cirque?

Sont-ce là des jeunes gens, des hommes?

CHAPITRE IV.

Ce qui fait haïr les Calicots.

Être *poseur* par excellence, le Calicot *pose* partout, à son comptoir, dans la rue, au café, au bal, la nuit, le jour.

Manières, poses, intonations, discours, chez lui rien n'est sien... tout est copié... tout est singé...

Le rencontrez-vous... il a toujours quelques histoires impossibles à vous raconter... quelques aventures, qu'il vient de subir, à vous dépeindre... quelques bons mots qu'il vient de lire (dans le dernier journal paru), à vous narrer.

En fait d'esprit d'à-propos, il a son répertoire de mots à effet, de calembours... toujours les mêmes, qu'il répète toutes les fois qu'il en trouve l'occasion...

Est réputé fort et spirituel parmi ses camarades, celui qui en connaît plus de six différents...

En fait d'autre esprit... il n'en possède point... sans cela, il comprendrait ce qu'il est, et se hâterait de ne plus l'être ; ce qui, avouons-le, arrive quelquefois à de bonnes natures fourvoyées dans cette classe ridicule.

La raie au milieu du front, ou le toupet élevé est de règle... chez messieurs les *prêtres du culte de la nouveauté.*

Le nœud de cravate, comme nous l'avons déjà dit, influe aussi beaucoup sur leur existence.

Mais où le Calicot exerce le plus sa manie de *poser...* c'est dans ses vêtements ; un Calicot est généralement élégant, trop élégant... il est toujours vêtu à la dernière mode.

C'est que, s'il est femme par le caractère, il veut l'être aussi par son costume.

C'est qu'au moral, c'est un crétin.

Au physique... une coquette.

C'est qu'il met tous ses appointements à se bien vêtir, comme il dit.

C'est que, s'il fallait composer un écusson pour

le calicotisme, il faudrait y mettre un champ d'azur, encaissant une oie et surmonté de la simple devise :

TOUT DANS L'HABIT.

Si le Calicot est habile à faire l'élégant, il ne l'est pas moins à imiter ce qui lui semble merveilleux, fabuleux, l'art... l'étudiantisme...

Il est tellement loin de leur ressembler, de les comprendre, que pour lui, un artiste, un étudiant est un être mythologique, un sphinx... un être qu'il trouve *drôle*.

Aussi les effrontés... ceux qui ont du toupet, malheureusement ils en ont presque tous, cherchent-ils à les imiter... Ils prennent leur genre, leurs habitudes, leurs manières... puis, lorsqu'ils sont parmi leurs semblables... leurs co-crétins, ils POSENT l'artiste, l'étudiant... ils se disent amis d'un tel, d'une telle, parlent D'EXAMENS, de COURS, de TOILES, de CROUTES.

Le théâtre exerce aussi un fort prestige sur eux.

Connaître un artiste dramatique, un acteur, quelque petit qu'il soit, une actrice, quelque figurante qu'elle puisse être, est un honneur insigne, un bonheur immense, une faveur du sort dont ils se vantent toute la journée... partout... à tout le monde...

Mon ami *Chose*... j'étais dans la loge de *Chose*... les rôles de *Chose*... le talent de son camarade *Chose*... les billets que lui donne *Chose*...

Et croyez-vous qu'il connaisse réellement *Chose*, dont il vient de tant parler? Nullement... il l'a vu une fois comme vous et moi... il l'a peut-être rencontré dans quelque restaurant, et il l'a prié seulement de lui passer la moutarde.

Et voilà tout.

Pour le Calicot, l'étudiant, l'acteur, l'artiste est *épatant.*

Epatant est l'ultimatum des Calicots.

Il le prononce avec une telle intonation, qu'il faut être de la *partie* pour l'imiter.

Vous trouverez donc, parmi l'ensemble du *Calicotage,* les quelques subdivisions suivantes, au point de vue de la POSE :

1° Le CALICOT-ÉTUDIANT... Dans cette classe, ils sont nombreux... mais leurs modèles les font bien souffrir... Plaignez-les.

2° Le CALICOT-ACTEUR... Vous savez, l'ami de *Chose,* espèce commune.

3° Le CALICOT-PEINTRE... qui, lorsqu'il va dans n'importe quelle banlieue de Paris, emporte toujours un album sur lequel il n'a jamais dessiné et ne dessinera jamais.

Espèce rare.

4° Le CALICOT-MUSICIEN, qui ne parle que de l'Opéra... et n'y a jamais mis les pieds... pour qui tous les morceaux qu'il entend sont tirés de la *Dame blanche*, le seul opéra, à ce qu'il croit, qu'il ait entendu de sa vie.

Espèce rare.

5° Le CALICOT-POETE-ROMANCIER qui, n'a jamais lu une page de prosodie, mais qui sait ce que l'on appelle la rime, et qui pourrait vous dire les titres de tous les drames de M. DENNERY ou de tous les romans de M. *de Trois Etoiles*.

C'est une espèce excessivement curieuse, mais fort dispersée.

6° Le CALICOT-DANDY. Cette classe comprend presque tout le calicotage; tous en font plus ou moins partie.

7° Le CALICOT-GALANT, classe qui, comme la précédente, contient presque toute la race calicotière

Enfin, quelques espèces infimes, qui sont :

8° Le CALICOT-CANOTIER, qui parle toujours de ses *ballades*, des *régates*, des *courses* en coquet canot, sur la Seine, et qui n'a jamais été qu'en *galoupi* une fois ou deux.

9° Le CALICOT-CHASSEUR, espèce excessivement rare.

10° Le CALICOT-PÊCHEUR, le plus rare.

11° Le CALICOT-SPIRITUEL, introuvable.

Telles sont les principales classes du Calicotage.

CHAPITRE V.

Les plaisirs du Calicot.

Certaines maisons, nous l'avons dit, n'ouvrent pas le dimanche; d'autres n'ouvrent que jusqu'à midi; d'autres encore ferment à cinq heures; aussi, à partir de ces heures, Paris est-il inondé de tout un peuple de Calicots.

Les RICHES vont dîner à un franc vingt-cinq centimes au Palais-Royal, où ils prennent des airs de grands seigneurs vis-à-vis du garçon.

Les PANNÉS vont tranquillement à LEUR BOUILLON; seulement, ce jour-là, ils prennent des pruneaux en plus de leur ordinaire.

Puis ils se rendent au bal.

BARTHÉLEMY, le WAUX-HALL, divers bals de barrière, voilà les retraites dansantes de la plèbe calicotière, du simple Calicot.

Quant au Calicot-poseur, il va où L'APPELLENT SES GOUTS, comme il le dit fort éloquemment.

Le CALICOT-ÉTUDIANT allait au PRADO ; il va maintenant à la CLOSERIE.

Mais, hélas ! là, tout pour lui n'est pas plaisir.

Presque toujours, entre eux et leurs bien-aimés étudiants s'élèvent de violentes disputes.

Nous n'avons jamais pu aller au Pradò, le dimanche, sans être témoin de querelles, qui se terminaient toujours par une purgation de la salle, de tous les Calicots qui s'y trouvaient.

On les portait tranquillement à la porte.

———

Mais, me direz-vous, comment les reconnaît-on ?

Oh ! chers lecteurs, rien de plus facile : la bêtise est peinte sur leur figure.

Donnez-moi dix jeunes gens, et au bout de deux minutes de conversation avec chacun d'eux, je vous en extrairai les Calicots qui s'y trouvent.

Mais revenons à nos querelles.

Querelles dont mesdames les étudiantes sont toujours la cause.

Hélène perdit bien Troie, Lucrèce les rois romains, la fille de Virginius les décemvirs, une étudiante peut bien faire naître des *mots* entre les étudiants et les Calicots.

Voici comment :

Bien vêtu, le *druide de la nouveauté* se promène dans le bal..... l'étudiante le voit..... Au premier aspect, pour elle, c'est un prince russe.... Aussi, fidèle à sa légèreté de caractère, elle quitte son étudiant et va s'accrocher au bras du bel étranger..... Mais bientôt elle voit que l'habit ne fait pas le moine, que dans les poches du dorsay de ce faux dandy, la bourse est bien plate.....

Irritée de sa bévue, la sylphide le quitte, mais lui garde rancune.,....

De son côté, l'étudiant abandonné s'irrite aussi de voir que ces crétins viennent se mêler à ses plaisirs, lui enlever ses femmes..... pour peu de temps, il est vrai.

Et bientôt le Calicot a contre lui étudiants et étudiantes..... On lui cherche noise..... Il lui faut, i' doit abandonner la place, s'il ne veut pas qu'on l'en expulse.

Eh bien! malgré toutes ces expulsions, tous les coups d'épingle qu'on leur fait endurer, toutes les moqueries qu'ils ont à subir, le quartier Latin voit encore dans ses rues un nombre prodigieux de Calicots.

C'est que ce quartier est pour eux un pays mystérieux, un centre d'attraction autour duquel, sans pouvoir jamais en faire réellement partie, ils gravitent sans cesse, parce qu'ils comprennent que là presque seulement se trouve encore une partie de la vraie jeunesse, de la jeunesse vraiment jeune.....

————

Mais assez parlé du CALICOT-ÉTUDIANT. Voyons un peu les plaisirs des autres espèces de ces intéressants bipèdes.

Le CALICOT-PEINTRE passe ses dimanches et jours de fête avec quelques *rapins* qui se moquent de lui et dont il a fait la connaissance en dépensant avec eux les quelques sous qu'il possède de temps à autre.

Le CALICOT-ACTEUR va à la claque à la Porte-Saint-Martin ou à l'Ambigu..... Il applaudit son ami *Chose.*

Le CALICOT-MUSICIEN voudrait bien prendre un amphithéâtre au Lyrique, mais ses moyens ne le lui permettent pas (il s'est fait donner un coup de fer à ses longs cheveux flottants, ça l'a ruiné), aussi reste-t-il sur le pont des Arts à entendre jouer de l'accordéon, ou bien, s'il n'est pas tout à fait à sec, va-t-il dans un BEUGLANT (lisez café-concert) quelconque.....

LE CALICOT-POÈTE s'attable tranquillement dans quelque café et lit les romans d'un vicomte quelconque.

Le CALICOT-DANDY se promène sentimentalement sur le boulevard des Italiens, croyant qu'on le remarque, ou bien, à force d'économiser sur sa nourriture, il loue une mauvaise rosse chez quelque loueur et va caracoler au bois de Boulogne, lançant des regards vainqueurs sur les pratiques de la veille, dont il prend l'étonnement pour de l'admiration. Le soir, il arrive quelquefois à pouvoir louer une place dans une avant-scène des secondes de quelque théâtre du boulevard, et de là fait de l'œil aux figurantes, qui se moquent de lui.

Le CALICOT-GALANT... *suit*... ou, si la fortune l'a favorisé de ses dons, il emmène quelque pauvre petite ouvrière dans quelque sale bal.

Le CALICOT-CANOTIER monte dans quelque canot loué, jusqu'à Charenton (où il devrait bien rester)..... accompagné tout le long de son voyage au long cours par les moqueries de tous ceux qui le voient se figurer qu'il sait *nager*.

Quelquefois les individus de cette espèce, se soutenant réciproquement sous le ventre ou par une corde, se livrent à ce qu'ils appellent les plaisirs de la nage......et donnent de temps à autre aux bateliers l'occasion de gagner les vingt-cinq francs accordés à quiconque sauve un noyé.

Quant aux autres espèces de Calicots, ils se mélangent pour leurs plaisirs au Calicot ordinaire.

Ils se livrent à de longues parties de billard, pour lesquelles ils ont bien soin de se mettre en bras de chemise, signe distinctif du fort joueur.

Ils font de sottes parties de campagne à Vincennes.

Vincennes est le bois calicotier par excellence.

Ils parcourent toutes les fêtes des environs de Paris, où ils vont voir dans d'infâmes baraques des phénomènes moins drôles qu'eux.

Là, le CALICOT-CHASSEUR vous propose de suite de faire une partie au tir..... où, à l'entendre, il fait mouche à tous coups..... Si vous acceptez..... le carton n'a certes rien à craindre..... mais c'est la faute *de ces sales armes* qui ne sont nullement *justes,* car sans cela, lui, qui tue une mouche à cinquante pas, aurait de suite..... percé ce léger carton.

Là aussi, ils se livrent aux violentes émotions des chevaux de bois... des montagnes russes...

A dada sur mon bidet.....

Pauvres enfants, va !!!

Et le soir, ils font des *cascades,* des *cavaliers seuls* impossibles dans le bal de la fête, WILLIS, VOISIN ou DE PARIS, devant les gentilles paysannes, qui les prennent pour des princes polonais.

Princes, certes, ils ne le sont pas.

Polonais, peut-être le seraient-ils si le vin n'était pas si cher..... et s'il ne fallait pas s'habiller.

Ainsi ils s'amusent le dimanche.

Mais aussi, maintenant, écoutez-les le lendemain, le lundi matin.

Sept heures sonnent, ils arrivent reprendre leurs chaînes.

Ils rangent à la hâte les marchandises nouvelles et se réunissent dans un coin du magasin où a lieu le colloque suivant.....

LE CALICOT-ÉTUDIANT. — Comment avez-vous passé la journée d'hier, mes chers? à BARTHÉLEMY, à danser avec des femmes qui n'avaient pas de chic.

Je parie quelque chose que pas un de vous né s'est amusé la moitié de moi..... Figurez-vous que j'étais au PRADO avec une dizaine d'étudiants de mes amis, quand tout à coup ROSITA, une femme du quartier, quitte un grand escogriffe de troisième année et vient me prendre le bras..... Nous dansons un quadrille..... Je l'embrasse..... Enfin, bref, elle était à moi..... Mais mon bourgeois de médecin en herbe se pique et se met à nous ENGUEULER avec une quinzaine de ses amis; j'appelle les miens..... Une ENGUEULADE sublime commence... Enfin, cette dispute nous ennuie... Nous saisissons alors chacun un de nos adversaires à bras-le-corps et, traversant tout le bal au milieu des cris et des rires, nous les portons tranquillement à la porte, où les municipaux les empêchent de rentrer..... et

le soir, je soupais avec Rosita chez la rôtisseuse.....
et voilà..... Hein! qu'en dites-vous, de celle-là?

Le calicot-peintre. — Moi, mon cher, je ne me
suis pas engueulé..... Je ne suis pas assez canaille
pour cela..... Mais Chose, mon ami le peintre
d'histoire, m'a présenté à Horace Vernet, qui m'a
parfaitement reçu..... et m'a montré deux magnifiques toiles qu'il termine... Ah! mon cher, quels
magnifiques fruits! (Il oublie qu'Horace Vernet n'a
jamais essayé ce genre.)

Le calicot-acteur. — Ah! oui, toujours la même
blague..... tandis que moi, je me suis rendu chez
mon ami *Chose*..... Il jouait, mais on était au
désespoir, un des artistes manquait à l'appel; un
rôle encore assez important, et on ne savait comment faire quand Chose eut l'idée de me présenter
au régisseur pour le doubler. Le rôle manquant
ne faisait son entrée qu'au troisième acte, j'avais
une heure et demie devant moi; je pris le manu-
scrit et, assis dans une loge, j'appris à la hâte.....
Si bien que, peu intimidé, moitié de mémoire,
moitié par le souffleur, j'arrivai à parfaitement
jouer..... En sortant, Chose m'a dit que j'avais du
chien... Ah! si vous saviez quel drôle d'effet pro-
duit sur vous la vue de ce parterre, de ces têtes;
c'est indescriptible..... Ah! je me suis rudement
amusé... Figurez-vous, dans mon rôle j'embras-

sais la petite *Chose*.....je ne l'ai pas fait à demi,
allez.....

LE CALICOT-DANDY. — Ah! le beau plaisir... J'en ai
embrassé trente, hier, des actrices, des danseuses,
encore..... à l'Opéra, dans les coulisses..... où le
vicomte de Lafaie, que j'ai rencontré dans le salon
de madame *Chose*, m'a conduit..... Oh! mes amis,
quel sérail! j'avais des blondes et des brunes sur
les bras..... C'était à ne pas résister..... Je ne sa-
vais à laquelle répondre.

LE CALICOT-GALANT. — Toutes les danseuses ne va-
laient pas, j'en suis sûr, la petite brune que j'ai
rencontrée hier au soir..... Un ange!... J'ai ren-
dez-vous avec elle pour demain soir; je te la ferai
voir.

LE CALICOT-CANOTIER. — Oui, mais toutes vos farces
ne valent pas la bonne action que j'ai faite hier.....
Certes, je ne m'en vante pas, mais enfin, sachez-le,
j'ai sauvé une femme de l'eau.....

LE CALICOT-POETE. — J'en ferai le récit en vers et je
le mettrai à la suite du magnifique roman que Ha-
chette va m'éditer, et dont j'ai reçu les épreuves
hier au soir.

LE CALICOT-MUSICIEN. — Tout cela ne vaut certes
pas la musique et les chanteurs que j'ai entendus.....
au *Géant*.....

LE CALICOT-CHASSEUR. — Ni la fête de Pantin..... avec mes balles à tous coups dans le noir... avec des pistolets d'arçon, encore..... ..

CHŒUR DES AUTRES. — Ni la fête de la Chapelle...

Ni celle de Montmartre.....

Ni nos parties de billard avec une galerie composée des plus forts joueurs qui admiraient nos effets.....

Ni.....

LE PATRON. — Voyez..... lingerie!... Allons, quelqu'un au blanc!......

(Le groupe se dissipe.)

Tel est l'être et le paraître des plaisirs des Calicots qui, on le voit, posent et voudraient être tout, excepté ce qu'ils sont.

CHAPITRE VI.

Des Calicotes.

Vu ses modiques appointements et sa position nullement stable, le Calicot ne peut se marier..... Chose malheureuse, car il a réellement une tête à porter le bois de l'amour trompé.

Mais si le mariage lui est interdit, s'il ne peut avoir d'épouse, il a souvent des maîtresses, et voici comment il les trouve :

Le Calicot, nous l'avons dit, fait de l'œil à toutes les petites ouvrières du quartier, toutes les fois que la pratique manque ; de plus, il est un des dévoués disciples de la théorie des *suiveurs*.

Or, de pauvres filles voient ces jeunes gens, parfaitement vêtus, posant beaucoup, c'est-à-dire pour elles passant pour quelque chose ; fascinées par ces dehors luxueux, elles s'abandonnent à eux, et en sont dupes.

Et ces fascinées par les apparences de la race calicotière, hélas! sont nombreuses; ce sont toutes

les jeunes ouvrières qui, après un travail assidu et
une privation de sept jours, sont bien aises de
sortir, de manger un peu le dimanche et d'avoir
un bras pour s'appuyer.

Cependant l'*aristocratie des rayons*, les POSEURS,
n'envient pas de telles amours; ils les laissent aux
débutants; ils veulent, eux, satisfaire leur vanité
en même temps que leurs désirs.

C'est pourquoi le CALICOT-ÉTUDIANT désire des ÉTU-
DIANTES, c'est-à-dire des CANCANEUSES de BULLIER.

Le CALICOT-ACTEUR, des ACTRICES.

Le CALICOT-DANDY, des LORETTES.

Le CALICOT PEINTRE, des MODÈLES.

Le CALICOT-MUSICIEN, des PETITES MAITRESSES DE
PIANO.

Le CALICOT-POETE, des BOURGEOISES, des femmes
ÉDUQUÉES.

Mais comme la femme n'aime pas à être trompée,
l'étudiante, l'actrice, la lorette, le modèle, la bour-
geoise renvoient leurs adorateurs à leurs rayons,
aussitôt qu'elles s'aperçoivent à qui elles ont affaire; ce qui arrive bientôt. car, comme l'a fort bien
dit Ésope, l'âne a beau se couvrir de la peau du

lion, on voit toujours ses oreilles ; il croit rugir, il brait.

Cependant, notons-le ici :

Les bourgeoises sont encore les plus faciles à tromper ; avec des vers de treize pieds le CALICOT-POETE en vient souvent à bout.

Du côté du culte de Vénus, le Calicot n'est donc aussi que rarement heureux... Cependant, écoutez-le (si vous en avez le courage) : en a-t-il vaincu, des cœurs ! en a-t-il fait, des conquêtes !... Mais soyez sans crainte pour la vertu, allez, chers lecteurs.... là encore il pose... il cherche à vous en faire accroire.

Faut-il dire maintenant, pour terminer ce court chapitre, que, dans quelques magasins, les commis font la cour à la patronne, à la demoiselle de comptoir, si demoiselle de comptoir il y a, car c'est encore une position féminine que l'on détruit peu à peu, et qui est déjà presque totalement disparue.

C'était cependant une place convenable pour ces pauvres jeunes filles qui, sous un aspect de luxe, se trouvent malgré cela, peut-être même pour cela, dans la gêne, qui n'ont pour dot que l'éducation qu'elles ont reçue.

Mais si la demoiselle de comptoir disparaît, en

revanche, il faut le dire, le teneur de livres a progressé...

Le teneur de livres, qui est à la demoiselle de comptoir ce qu e sont aux demoiselles de boutique les Calicots!

Le teneur de livres, qui aime mieux remplir les quelques pages d'écritures facilement remplies jadis par ces jeunes filles, que de travailler à toute autre chose qui emploirait ses forces, son activité ou son intelligence, si intelligence il a.

Mais ceci est trop sérieux pour être traité ici ; passons à autre chose.

CHAPITRE VII.

Du fourniment du Calicot.

On désigne sous le nom de fourniment l'ensemble des ustensiles que le soldat porte toujours sur lui. Or, sachez-le bien, le Calicot, de même que notre fantassin, a aussi un fourniment.

Fourniment qui se compose de :

1° Un PETIT PEIGNE à l'aide duquel il passe de longues heures à friser ses moustaches... en prenant la pose de l'Apollon du Belvédère.

2° Un BATON DE COSMÉTIQUE, qui sert à rendre souples lesdites moustaches.

3° Une LIME A ONGLES, avec laquelle on régularise des ongles naturellement roses, puisqu'ils appartiennent à des mains qui auraient honte de servir à quelque chose.

4° Des CURE-DENTS... la seule chose que la pose éternelle... le besoin de s'habiller en gandin, leur permet de se mettre sous la dent.

3.

5° Un LORGNON, afin de ne rien voir... ce qui est très-grand genre.

6° Du PAPIER A CIGARETTES... et des ALLUMETTES-BOUGIES...

7° Une CANNE-BADINE... avec laquelle on gesticule... au risque de crever l'œil à quelqu'un.

Objets que vous trouverez en la possession de tout Calicot bien monté...

Lequel, en plus à son comptoir, possède certains ustensiles, certaines manies ou nécessités de son service... tels que d'avoir toujours à l'oreille une de ses plumes (presque toujours plume d'oie, par conséquent), ou bien un crayon de l'illustrissime *Mengin.*

MENGIN, que le Calicot trouve *épatant.*

Comme de vrais bureaucrates, une paire de manches qu'ils mettent en arrivant au magasin, afin de ne pas râper les coudes du paletot pour lequel il leur a fallu tant se priver, est ordinairement aussi en leur possession.

Mais maintenant, si vous prenez le paletot d'un Calicot quelconque au hasard, et si vous fouillez dans les poches dudit paletot, vous reconnaîtrez aisément à quelle espèce de Calicot vous avez affaire, car, en plus des ustensiles ci-dessus désignés, vous y trouverez quelques ustensiles nécessaires au posage de votre sujet.

Ainsi vous trouverez dans le paletot du CALICOT-ÉTUDIANT :

Un BRULE-GUEULE... dans lequel il n'a jamais fumé.

Une vieille LETTRE DE CONVOCATION à un examen quelconque... lettre qu'il a prise sur ou sous la commode de son modèle.

Du CALICOT-ACTEUR... de vieux BILLETS DE THÉATRE à vieille date, qu'il a ramassés par-ci par-là, au lieu de les abandonner tranquillement aux chiffonniers, et qu'il a, vous dit-il, laissé perdre, ne vous ayant pas trouvé ce jour-là... dam! son ami *Chose* lui en donne tant!

Du CALICOT-PEINTRE... un CRAYON qu'il taille à toute heure, et des BOUTS DE DESSINS représentant de bouches difformes et des nez impossibles.

Du CALICOT-MUSICIEN... un recueil de VIEILLES CHANSONS pour noces et repas de corps.

Du CALICOT-POÈTE-ROMANCIER... des FEUILLETS DE CALEPIN avec le mot SCÈNE I, SCÈNE II... plus un PORTE-CRAYON D'ARGENT... qui lui sert, à ce qu'il dit, à écrire sur les albums des maîtresses de maison les vers qu'elles lui demandent.

Du CALICOT-DANDY... de VIEILLES CARTES de visite d'un vicomte quelconque... une VIEILLE CARTE D'ENTRÉE AU SPORT.

Du CALICOT-GALANT... des MÈCHES de CHEVEUX roux, blonds, bruns, châtains, gris-pommelé... prises chez son coiffeur, ainsi que des LETTRES D'AMOUR qu'il a volées quelque part.

Du CALICOT-CANOTIER... une CARTE DES RÉGATES... Etc.... etc....

Car c'est toujours, vous le savez, *dans les petites choses... que se montrent les grands hommes...*

CHAPITRE VIII.

Petites qualités.

Le simple Calicot ne possède ordinairement aucune supériorité, aucun talent qui le fasse particulièrement rechercher de son patron ; mais le Calicot supérieur possède, lui, quelques petites qualités qui en font un homme aimable et utile, *utile dulci.*

Les principaux talents utiles dont nous voulons parler sont, entre autres :

La confection d'une montre artistique...

Idem, d'écriteaux splendides d'écritures de toutes sortes.

La première de ces qualités consiste à savoir ranger leurs étoffes légères, leurs passementeries, leurs bimbeloteries... en rosaces, en pyramides, en cascades...

Certains de ces messieurs sont très-forts dans cet art...

Je ne puis cependant pas me figurer que des femmes ne feraient pas mieux que des hommes ce travail, qui ne demande que du goût.

Mais si ces hommes efféminés arrivent quelquefois à exécuter grossièrement bien cet arrangement, il faut le dire... ils prennent leur temps... Le jour où ils font la MONTRE, la journée s'écoule vite...

Ah! c'est que sous ce prétexte de ranger les marchandises, ils peuvent se placer dans les vitrines, et, prenant une pose à l'antique, lancer des *regards assassins* à toutes les jeunes femmes qui considèrent les étoffes étalées.

Nous voyons tous les jours, et vous aussi, sans aucun doute, chers lecteurs, de ces grands benêts qui restent des heures entières dans la même position... se laissant admirer... persuadés que ce sont eux que regardent vos femmes, vos filles ou vos sœurs, arrêtées là pour se choisir quelques marchandises.

La seconde des qualités de ces damerets est, nous l'avons dit, le talent qu'ils possèdent d'enfanter des écriteaux prodigieux, des écriteaux sur lesquels ils annoncent, en lettres plus ou moins gothiques, de grands déballages, des vingt mille francs de marchandises, des étoffes à nouveaux noms... des grenadines, des parisiennes, des soies Garibaldi, etc.

Oh! heureux les patrons qui possèdent parmi messieurs leurs commis de tels talents!

Oh! heureux les Calicots qui possèdent ces dons de la nature, ils sont choyés par leurs bien-aimants patrons... *singes,* veux-je dire, puisque c'est ainsi qu'ils les appellent.

Quant aux qualités qui font de nos héros d'aimables convives, des gens agréables en société, nous n'en citerons aussi que deux ou trois, quoiqu'ils en possèdent un grand nombre.

Ce sont :

1° L'art que possèdent au plus haut degré certains des leurs d'imiter, à s'y méprendre, le chant de tous les oiseaux.

2° L'art sublime d'exécuter avec le bout du nez des solos de clarinette.

3° Enfin, une prodigieuse adresse pour les jeux de cartes, de physique amusante et autres... de toutes espèces.

Et n'allez pas croire que nous rions... Non, il existe des Calicots assez privilégiés de la nature pour exécuter de pareils tours de force.

Aussi ordinairement, dans toutes les maisons, y a-t-il une grande audition des talents de ces messieurs, le jour de la fête la patronne.

Heureux, trois fois heureux ceux qui peuvent avoir des invitations!!!

CHAPITRE IX.

Les petits profits.

Si le Calicot a certaines manies, il a aussi certains profits.

Quelques sous en plus à la fin du mois rémunèrent les talents utiles qu'ils possèdent; mais leur élégance stupide, puisqu'elle n'a lieu qu'au détriment de toutes les autres choses qui leur sont utiles, leur valent quelques petits profits non pécuniaires, mais moraux ou plutôt immoraux.

Là encore nous en citerons seulement trois.

1° Les femmes qu'ils possèdent sont le premier et le plus important de ces profits; en effet, les apparences étant la seule chose qui pousse ces malheureuses jeunes filles à se donner à eux...

... Notre chapitre antérieur qui parle d'elles pourrait donc trouver place ici.

Pour second avantage de sa bonne tenue, le Calicot a la position agréable, parce qu'elle est économique, de *metteur en train*, que beaucoup d'entre eux acceptent.

Les **metteurs en train** sont des habitués de divers bals, qui ont leurs entrées et leurs danses sans rétribution, à la condition qu'ils doivent arriver à l'ouverture des portes et danser toutes les danses jusqu'à ce que le monde soit arrivé et que les danseurs affluent.

Hein, le joli emploi !

Mais pas encore si joli que celui qu'occupent d'autres Calicots qui, parvenus à se mettre dans la connaissance de certaines lorettes et même de femmes comme il faut... leur servent de **chaperon**, c'est-à-dire leur offrent le bras et les conduisent :

Partout où décemment ces dames ne peuvent aller seules, et où cependant il leur est nécessaire ou bien elles ont envie d'aller.

Le chaperon, en récompense de ses bons services, a le plaisir d'avoir à son bras une femme qu'il fait passer pour sa maîtresse aux yeux de ses amis; de plus, il est entretenu pendant toute la soirée. C'est-à-dire qu'il consomme, joue et dépense, le tout aux frais de la belle dont il est le mentor.

C'est honteux... mais c'est bien recherché !

CHAPITRE X.

Conclusion.

De ce qui précède que nous faut-il conclure?

Ceci... c'est qu'au moral comme au physique, le Calicot est un pauvre diable...

Qui, gagnant une somme des plus minimes, la met tout entière en vêtements, au lieu de se nourrir, de se loger, en un mot, de vivre convenablement.

Qui ne réfléchit pas combien est honteuse pour un homme la position qu'il a, ou plutôt, et c'est là son tort, qui le voit trop bien, puisqu'il n'ose pas avouer qu'il l'occupe, mais qui, parce que l'emploi est facile à tenir... préfère prendre des allures, non les siennes, pour faire croire qu'il est ce qu'il n'est pas, et détourner ainsi les regards de dessus ce qu'il est réellement.

Et cependant parmi ces jeunes gens tous ne sont pas sans intelligence; il y en a qui ont réellement fait des études, et pour la plupart ils sortent de familles qui, certes, ne sont pas au premier rang, mais qui, certes aussi, ne sont pas au dernier...

Ce sont ordinairement des fils de fabricants trop paresseux pour prendre l'état de leur père...

Des émigrants de province, des fils de bons cultivateurs, qui ne comprennent pas tout ce qu'il y a de noble dans le métier de leur père, parce qu'il a quelquefois les mains sales en rentrant de son ouvrage, et qu'il ne se lime pas régulièrement les ongles.

. . . .

Donc jusqu'à présent et au point de vue purement physiologique, ce que nous reprochons... et avec nous tous les gens de bien, aux Calicots,

C'est :

Leur nature poseuse ;

Leur excès de dandylisme ;

De vouloir paraître ce qu'ils ne sont pas ;

De vouloir être beaucoup quand ils ne sont rien ;

C'est,

En un mot, comme le dit le gamin, de faire trop leur *casseur*.

DEUXIÈME PARTIE.

Le Calicot au point de vue social.

Laissons maintenant de côté la légère plume de coq du critique, et prenons pour un instant la lourde plume d'acier du moraliste.

Si pour les quelques pages qui précèdent nous avions pour devise : **Castigare ridendo mores,** pour celles qui suivent nous aurons celles-ci :

> Un homme et une femme viennent un matin sur la place publique pour y trouver un ouvrage qui leur donne le pain de la journée; un seul bourgeois a de l'ouvrage à donner : il s'agit de porter deux paquets à l'autre extrémité de la ville, l'un est un lourd fardeau, l'autre est un objet léger... mais précieux et fragile.
>
> Il peut laisser l'homme choisir; je suis bien convaincu que cet homme, quel qu'il soit, ne s'avisera jamais de laisser à la femme la charge pesante. Eh bien! ce qu'aucun de vous ne voudrait faire à l'égard d'une seule femme, vous le faites tous les jours, toute la vie, à l'égard de plusieurs millions de femmes, que vous réduisez à la misère, au désespoir, à la vénalité.
>
> ALPHONSE KARR.

> Je parle, non de ce mal physique que les lois poursuivent et condamnent, mais de ce mal, de cet assassinat moral qu'elles tolèrent, que la société encourage même quelquefois.
>
> EUGÈNE SUE.

Les Calicots au point de vue social.

I

Jusqu'à une certaine époque non bien éloignée de nous, tous les petits comptoirs de marchandises féminines en détail étaient tenus par des femmes.

Alors il n'existait pas de magasins, il n'y avait encore que des boutiques....

Lorsque s'élevèrent les magasins, maintenant si nombreux, au lieu d'augmenter par cela même les places des femmes en les mettant à ces grands rayons de même qu'elles étaient aux petits établis, ces patrons prirent des jeunes gens qui n'eurent pas honte de venir se présenter à eux, et qu'eux n'eurent pas l'honnêteté de refuser.

Le calicotage venait de naître....

Dès ce moment en effet, pour suivre l'exemple donné par la vente en grand, l'on vit se faufiler dans les boutiques de grands *dadais*....

Ils aidaient les demoiselles de comptoir... pour descendre les ballots, pour les porter... ils étaient hommes de peine... c'était encore bien, c'était même, je crois, nécessaire.

Mais peu à peu les susdits jeunes gens augmentèrent en nombre et bientôt remplacèrent les femmes qu'ils devaient simplement aider... C'était très-mal.

Et cependant depuis ce temps, comme on aime ordinairement les sinécures, le nombre de ces... commis... a sans cesse augmenté... et de jour en jour les pauvres femmes se trouvent expulsées des magasins où elles gagnaient honorablement leur vie.

Si bien que maintenant, on peut le dire, il n'existe plus à Paris une seule boutique, un seul magasin important qui occupe encore des femmes...

Bonneterie, mercerie, passementerie, nouveautés, soie, laine, ruban, dentelles... tout est vendu par de ces êtres aux allures stupides... aux manières ridicules... par des Calicots.

C'est ainsi que les hommes ont accaparé successivement toutes les places et n'ont laissé aux femmes que celles qui, ne nourrissant pas lesdites femmes, feraient nourrir les hommes beaucoup plus vite.

Ils leur ont ôté jusqu'aux travaux de l'aiguille... de l'aiguille, la dot de tant de filles... le soutien de tant de familles,... ils se sont faits tailleurs... ils cousent, ils piquent, ils brodent... et les pauvres malheureuses, privées du travail qui leur appartient légitimement, sont obligées, du moins en partie, de s'occuper dans les fabriques.

II

Mais que pourrait-on faire?

Ce qu'on pourrait faire? C'est que peu à peu le commerce veuille bien prendre dans ses rangs toutes les jeunes filles qui s'offriront de le servir, c'est que les 80,000 places occupées actuellement par des hommes, deviennent le domaine, la source d'occupation, de vie, d'honnêteté, de milliers de femmes; c'est, en un mot, qu'on anéantisse la race calicotière.

Très-bien, me direz-vous; mais que deviendront ces jeunes gens?

Écoutez.

L'agriculture, de nos jours, est dans un chemin de progrès étonnants; elle est devenue une science, une des premières sciences, peut-être même la première.

Mais l'agriculture manque de bras.

Mais nous avons encore des landes, en France, au dix-neuvième siècle.

L'on croit encore insulter un homme en l'appelant paysan.

Eh bien, qu'ils partent, qu'ils aillent là où il est besoin de bras, et, hélas! c'est presque partout.

Qu'ils aillent là où il y a encore des landes, et il y en a encore beaucoup.

Qu'ils emploient leur intelligence à aider l'agriculture à prendre la place qui lui est due, au lieu de déployer bêtement des étoffes.

En un mot, qu'au lieu de servir sous l'étendard de la stupidité, du crétinisme, sous le nom de *calicots*, ils servent sous l'étendard du travail, de la science, de l'honnêteté, sous les noms de *cultivateurs*, *d'agriculteurs*.

Et vous, braves laboureurs, envoyez vos fils dans les grandes villes, non pas pour qu'ils se fassent un avenir de honte et de misère, pour qu'ils se fassent Calicots, mais envoyez-les pour qu'ils apprennent dans nos écoles publiques la théorie qui vous manque, théorie qui jointe, à leur retour, avec la pratique que vous avez, fera de vous les premiers hommes du monde, car vous serez les plus utiles.

Ou bien Calicots, si l'agriculture ne vous sourit pas, si vous n'en comprenez pas toute la beauté, faites-vous soldats.

Nous avons toujours une armée prête à porter secours au faible outragé, aux peuples tyrannisés, prête à servir toutes les nobles causes; allez, prenez-y place.

Allez, là vous êtes toujours sûrs d'être nourris, habillés et surtout d'être respectés, car là vous serez respectables.

Allez, là, si vous en êtes dignes, vous aurez de la gloire, des honneurs, et puis alors vous pourrez poser si vous le voulez, vous en aurez le droit, car un ruban rouge décorera peut-être votre poitrine.

Voilà ce que peuvent devenir les Calicots :

Des agriculteurs ! des soldats !

III

Le mot Calicot est tant de fois répété ici, que je crois nécessaire encore de dire comment je l'entends.

N'est pas Calicot celui-là seul qui vend de l'étoffe portant ce nom, du jaconas... mais est Calicot... quiconque fait un métier qu'une femme pourrait facilement faire, parce que : la femme ne trouve souvent de dernier refuge que dans la prostitution, tandis que l'homme, en France, a toujours de la nourriture, un logement et des vêtements, car il peut toujours se faire soldat.

Donc ce qui me fait pitié, ce sont plutôt ces jeunes gens vendant de la bimbéloterie, comme il y en a un si grand nombre dans le quartier Saint-Martin, ces jeunes gens que vous voyez rire bêtement, en offrant bêtement des boutons à la mode, des boutons dernier genre, des agrafes, des perles, de la passementerie de toutes sortes, principalement tout le long de la belle nouvelle voie du boulevard de Sébastopol, où les établissements qui les emploient se touchent, se comptent par centaines, parmi lesquels un ou deux seuls emploient quelques femmes.

Ce sont, dis-je, ces êtres, la plume à l'oreille dans le magasin, le stick à la bouche lorsqu'ils sortent, que j'attaque plutôt que ceux qui étalent des pièces de jaconas, de calicot, d'un poids encore assez considérable, auxquels je ne m'adresse que par ricochet.

IV

Certains magasins occupent des femmes. A ceux-là, dont nous connaissons quelques noms que nous n'indiquons pas ici pour ne pas faire de réclame... Louanges !..

C'est pourquoi donc, louanges à Duval...

Duval, le boucher, auquel ici je veux rendre justice...

Il y a peu de temps, il établit à Paris une infinité de débits de nourriture qui sont connus sous le nom de Bouillons... or, dans ces établissements, des femmes... des femmes seules, font le service.

Il a donné à d'autres l'exemple et pour cela... je le dis, on lui doit bien quelques remercîments, car il a peut-être sauvé quelques centaines de femmes de la misère et de la honte.

V

Et puisque maintenant on cherche partout à faire de la moralité, laissons aussi notre plume courir sur le papier, remplir quelques pages de peu doctes mais vraies sentences.

J'entends surtout dire : la grisette n'est plus !

C'est vrai...

Jadis nous avions la grisette qui, aimante de sa nature, mangeait et buvait avec nous les marrons et le cidre que nous voulions bien lui payer, et en échange desquels nous avions son amour, amour volage, qui s'envolait aussitôt que la bouteille et le sac étaient vides... mais enfin qu'elle ne nous faisait pas payer.

Qu'elle ne nous faisait pas payer, parce qu'elle n'en avait pas besoin, parce qu'elle avait encore de l'ouvrage, parce que les magasins ne l'avaient pas encore expulsée.

La grisette n'est plus, la lorette l'a remplacée ou plutôt la grisette a été forcée de se faire lorette... Mimi Pinson est devenue Rigolboche.

Eh alors pourquoi crier, vous, moralistes, après qui en avez-vous?

Après votre ouvrage.

Allons donc, silence!

Faites, avec les possibilités de vivre honnêtement, un tamis, et à celles qui ne se raccrocheront pas aux fils, qui passeront par les interstices, vous crierez, vous jetterez vos reproches..... vos insultes, car alors vous en aurez le droit, ayant mis des garde-fous aux ponts. Tant pis si elles tombent dans la fange, alors vous pourrez le dire :

A bas Rigolboche et ses sœurs!

Mais à bas, avant, ceux qui l'ont forcée à être ce qu'elle est, ce qu'elles sont : à bas tous ceux qui l'ont jetée et qui les jettent journellement dans cette boue dont elles ne peuvent se dessouiller; à bas les Calicots, qui les forcent à se prostituer!

Rigolboche eût peut-être été une honnête mère de famille, si un Calicot n'avait pris la place qu'elle aurait pu occuper dans un magasin quelconque, d'où elle aurait pu sortir pour lier son existence à celle d'un honnête ouvrier.

VI

Mais, puisque le calicotisme présente de si grands désavantages, pourquoi, me direz-vous, les patrons, les maîtres de magasins préfèrent-ils un personnel masculin à un personnel féminin?

Quel avantage y trouvent-ils donc?

Je n'en vois guère... au contraire, j'en explique les nombreux inconvénients...

Mais enfin, ils préfèrent cela..... Peut-être est-ce parce que le patron, prud'homme par excellence, était ennuyé des œillades lancées à ses demoiselles de comptoir, peut-être même était-il ennuyé des suites de ces œillades, et a-t-il pensé, avec raison, ma foi! qu'avec ses Calicots il n'aurait pas à redouter cet ennui. Mais était-ce là une raison pour jeter, selon l'expression, ces filles sur le pavé. L'inconduite de quelques-unes était-elle une raison pour jeter dans le malheur un grand nombre de ces créatures? A-t-il préféré son bien-être et l'ordre de son magasin à l'existence de ces jeunes filles?..... C'est possible, c'est probable même; mais ne pouvait-il pas augmenter sa sévérité, chasser

les coupables, sans prendre une décision nuisible
à toute la société, sans faire un changement qui
peut être d'une si grande portée?

— Ah! diront-ils, nous n'y pensions pas, nous l'i-
gnorions..... mais alors, à notre tour, nous avons
le droit de leur dire : Modifiez cet état de choses,
détruisez, effacez le mal que vous avez fait...

Et cependant, je le crois, là ne doit pas être la
raison de ce changement, et je pense que l'espèce
de réclame qu'offrent ces mannequins poseurs
qu'ils appellent leurs commis, que l'idée d'une spé-
culation basée en grand sur le côté faible de toute
femme, sur la coquetterie féminine, doit plutôt
être ce qui a décidé messieurs les patrons à prendre un personnel masculin, à créer la race des
hommes-femelles.

Je pense que ce patron avait raison lorsqu'il
répondait à Alphonse Karr, l'interrogeant sur le
même sujet : « Eh! mon Dieu, c'est afin d'attirer
vos femmes. »

Ah! bourgeoises de Paris, il vous faut des jeunes
gens si bien ÉDUQUÉS..... des GANDINS MANQUÉS..... des
CALICOTS..... Et que pensent de cela messieurs vos
maris?

C'est à eux que je m'adresse, à eux que je vais
compter, j'en suis sûr, parmi les défenseurs de la
question que je traite, lorsqu'ils sauront la raison

pour laquelle vous achetez, vous allez si souvent dans tel ou tel magasin.

Et j'espère bien aussi vous avoir comme auxiliaires, vous, toutes les honnêtes femmes, lorsque vous aurez lu l'attrait sur lequel comptent les négociants, car, certes, je le crois, vous avez trop de goût pour que ce soit là ce qui vous conduit dans les magasins où vous vous fournissez.

Ensemble nous dirons partout : Renvoyez vos commis, donnez des agriculteurs, des soldats à votre pays; sauvez des milliers de femmes de la misère, de la prostitution, et vous n'en ferez pas moins bien vos affaires, et nous, nous ne craindrons plus d'être ennuyés dans vos magasins; nous aurons des toilettes de meilleur goût, parce que des hommes sans tact n'influenceront plus sur notre choix, et qu'au contraire, nous aurons les conseils des jeunes filles, que le sexe, le caractère, la vie rendent aptes à connaître ce qui nous convient.

C'est ce que je souhaite, hélas! sans oser l'espérer, puisque des plumes, mieux aiguisées et plus fortes que la mienne, se sont émoussées contre ce même état de choses; quoiqu'il soit probable que l'appui, le temps, l'intelligence aidant, il arrivera une époque où l'on verra tomber cette anomalie et où celui qui en a arraché la première pierre, comme tous ceux qui l'auront aidé à jeter bas les derniers pans de mur, seront avec justice remer-

ciés, en compensation des huées qu'on leur a je-
tées, et où ils pourront se féliciter entre eux d'avoir
fait une bonne action, d'avoir sauvé un grand
nombre de femmes du crime, tout en aidant les
autres à être meilleures et plus belles.

FIN.

Paris. — Imprimerie de Édouard Blot, rue Saint-Louis, 46.
(Ancienne Maison Dondey-Dupré.)

SOUS PRESSE

DU MÊME AUTEUR:

LA DÈCHE

ÉTUDE DE PANNE

Brochure in-18.

ADELINE

ou

LA JEUNESSE DE MARCO

FAC-SIMILE D'UNE VIE HUMAINE

Un volume grand in-18.

Les Comédies de tous les Jours

UN VOLUME

Par P. FILLIOT.

Paris. — Imprimerie de Édouard Blot, rue Saint-Louis, 4
(Ancienne Maison Doudey-Dupré.)

www.ingramcontent.com/pod-product-compliance
Ingram Content Group UK Ltd.
Pitfield, Milton Keynes, MK11 3LW, UK
UKHW021645130726
13696UKWH00004B/1412